ことばの薄日

月録詩集
2019.09-2020.02

山本育夫

思潮社

目次

2019.09 ごはん

2019.10 抒情病

2019.12 ことばの薄日

2020.01 しはしは

2020.02　全身詩人

あとがき

装幀＝甘利弘樹

ことばの薄日

月録詩集

2019.09-2020.02

山本育夫

夕餉《ゆうげ》

ごはんの時間だ
その先に
人生の曲がり角
ってやつだよ
ことばの
大断崖
きっぱりと
ことばごとすべりおちる
垂直に
ごはんの商店街の夕暮れだ

冒険王が風切って
帰っていく
カバン放り投げて
ふっくら炊きたてことばを
ホフホフいいながら
食べる

2019.09
ごはん

階段の下

二階建ての音楽だ
階段をトントントンと
降りていく
ショッピングセンターは
ガヤガヤと協奏曲を流している
行き交う人たちは
今日のことしか
考えないで
空き地に立てられた
看板から噴き出している

ことばを
ポリバケツに満タンにして
持ち帰る
ことば湯に首までつかる
脳まで洗われる

テレビ

一日中
向こうを向いて
騒いでいる
だれも見ていないのに
うそことばが
源泉垂れ流しだ
家々の窓からあふれだして
通りで合流し
そのまま傾斜に沿って
一散に下っていく

突き当たりの閉館映画館の
シャッターに
ドンとぶつかり左に
流れが変わる
（あ、川上さんが流された

クレヨン画

チイちゃんが描いた
クレヨン画が
卓上からフワリと
舞いあがり落ちるまでに
その画像がシュッと
脳髄の中に飛び込んできた
（不思議なことばとして
お母さんがあわてて
脳髄まで追いかけてきて
待って、待って

チイちゃんはね
そんなつもりで
描いたわけじゃないのよ
だから
（忘れてください
すがる目だ
しかし男の目は
後ろ向きで静かに光っている
しかし男の目は
後ろ向きで静かに光っている

薬剤師

が
くれた「ことば錠剤」
朝夕二回、忘れずに
飲んでくださいね
と
いわれた
処方した医師は
まだ小さいままですからね
内乱、の心配はないでしょう
（小さい海がポツンと

林の中につながれている)
夕方、帰ってきた女が
角のSさん、ゲーマー?
ユーチューバー?
児童館のところを歩いてたわ
(甲板で海軍の兵士が笑っていた
たい焼き食べる?
とだしてきたので
半分ほおばり
ときには外も歩きたいだろう
と言った

スクリーン

三丁目の映画館で
映画を見ていると
スクリーンから
ボロボロとことばが
あふれだしてきた
「ことば洪水」を浴びながら
からだが洗われて
きれいになっていく
棺をでてかき氷を食べた
口が真っ赤

と女が指さして笑った
お前の口も真っ黄
あちこちにある
監視カメラに
ふたりのライブがドキュメント
されている、映画みたいに

2019.09
ごはん

同調圧力

あの人がいったのに
どうしてあなたはいかないの
恥ずかしいわよ
あなたもいったほうがいい
つきあいが悪いって
いわれるでしょ
のしょ
のトーンがかわいいよ
（それはねドウチョウアツリョク
っていうんだよ、ドウチョウアツリョク

ソノドガウガチガヨガウガアガツガリガヨガクガ
ポロポロのつぶてになって
そこら辺をブンブン
飛び回り
ぶつかってくる
みんなが右、といったら左
左といったら、右
頑固な親父だった
その背中が
夕暮れの中に沈んでいく

浮かぶ球

独立軒ののれんがおろされていた、閉店したんだろうか、ご
夫婦でがんばっていた、浪人生のころ、清水の舞台から飛び
降りる決意で、ラーメンとモツ煮を頼んだ、あれから半世紀
その店を東に進んだ角の地下に、レオ・オ・レオというジャ
ズ喫茶があった、いつもMJQのdjangoがかかっていた、部
屋の隅に小さなドアがあり、その部屋は開かずの部屋だった
あるとき何かの拍子に店主が
(お前にだけは見せてやる
ナイショだぞ)
と少し深い目になり

開かずの間の奥に浮いている
小さな黒い球をヒョイとつかんで差し出した
それはおびただしい数のことばが、びっしりとかたまってう
ごめいている球体だった、店主が、ほれ、食えし、という、
おにぎりじゃないんだからと思いつつ食べると、ゴーという
音を立てて身体中の細胞の奥、ＤＮＡの居場所にまで届いた
ふと見ると
足もとが
浮かんでいる

焼印

めりめりっと、ことばが
生えてくる路地の
喧騒をかき分けて
今日ものれんをくぐる
焼き鳥ことばが
ムンムン押し合っていて
おいしい
そこに清水がいた
(気をつけろよ
ささやく

（お前はマークされている
（尻を見せてみろ
いわれるままに尻を見せると
瞬間、ジュッと焼きことばを
あてられた
肉が焼けるにおいが
しばらくして
立ちのぼってきた

監禁

どこか遠い海辺の液体が
寄せては返していた
目を開くと
ことばだらけの部屋に
監禁されていた
（八月十日、夕方五時二十九分、
お前はどこにいた？）
思い出せるわけがない
手帳を見れば、とまさぐるが
裸だった

全身に赤い斑点のようなことばが
吹き出している
（お前はその斑点でだれかに伝えたのだな、
だれに伝えたのだ？）
なにを？
（だからこのからだのことばをだ）
知るか、と眼前の裸の女をにらんだ

通行

駅前の山交が消える
まちのあちこちが
消える
記憶のまちになる
屋上から垂れ下がっている
ことばがゆらゆら
ゆれている
ゆりかごゆめみて
ゆうすけ
ゆうやけ

アドバルーンに歓声をあげた
ふたりの高校時代
あのときのゆうすけ
あのときのわたし
さっきからのとなりの二人の
カフェ会話
耳の通路をトコトコ歩いていく

夏の香り

背中に汗じみつくって
バンっと自転車で通り過ぎた
大神さんの体臭もバンっと
アキトコーヒーの店前で
そのうわさを聞いた
コノクニノタメニオレハシネル
（男前だ
オマエノタメナラシネルケドネ
（いくじなし
どんどん追い込まれる夏だ

ことばハチマキしめて
バンっとまた大神さんがもどってきた
背中に汗じみつけて
こんどは日の丸はためかせて

受動のひと

そんなふうにして
翌年、いきなり渦中の人となる
それが始まった
始まってみれば
それはそれとして
受け入れざるを得なくなり
ひとびとことごとく
受動のひとだ
事実がグイグイたたみこまれ
ことばを失って無口なひとになる

まもなく
海の向こうから
訃報が届くだろう
そのうち日常にまで
ことがおよぶのだろう
ことばがおよぶのだろう
そしてさらに
徹底的に受動のひとに
なっていく

日乗

永井荷風の『断腸亭日乗』によると
昭和十九年九月二十日
「三時過岩波書店編輯局員佐藤佐太郎氏来り軍部よりの注文あり岩波文庫中数種の重版をなすにつき拙著腕くらべ五千部印行の承諾を得たしと言ふ。政府は今年の春より歌舞伎芝居と花柳界の営業を禁止しながら半年を出ずして花柳小説と銘打ちたる拙著の重版をなさしめこれを出征軍の兵士に贈ることを許可す。何等の滑稽や。」以下は勝手な意訳。
(三時過ぎに岩波書店の編集局員である佐藤佐太郎さんがきた。軍部から注文があり、岩波文庫の中から数種類の本を重版にするという。それにつけて私の著書『腕くらべ』を五千部発行したいのだがよろしいかという。政府は今年の春より歌舞伎芝居と花柳界の営業を禁止しておきながら、半年も経たないうちに花柳小説といわれている私の本を重版して、これを出征軍の兵士に送ることを許すというのだ。おかしな話だ。）

とある。

出征兵士は戦意高揚文学よりも
荷風の花柳小説を好んだのだ
一年後には焦土と化す東京の
こんな雰囲気に
まぎれこむ
本を閉じ

めざしを焼いて
つつきながら
ほっかほかごはんを
パクパク食べる
それから荷風をきどって
夜の甲府散歩と
いきますか

ことばダニ

ことばダニは小さなダニですが
虫めがねで見ることができます
ことばダニは手首や手のひら
指の間、ひじ、わきの下などに
ことばトンネルと呼ばれる
横穴を掘り
その中に卵を産みつけ
幼虫から成虫になっていきます
ことばダニは
人の体温がいちばん生活に適しており

人の肌を離れると長く生きられません
高熱や乾燥に弱く五十度C以上の環境に
十分間以上さらされると
死ぬことがわかっています

赤々と

インドカレー屋に
インド人ふた家族が集まると
ヒンディー語が
部屋中をワンワン
飛び回る
そこで魔法瓶につめこんで
氷を入れて冷やしてやった
それが午後いちの仕事だ
やがて落雷が始まった
バリバリと

火の手が上がった
あちこちで
落雷かと思って窓を開けると
甲府の空いっぱいに
ことば人間が
赤々と吸い上げられていく
光景が展開していた
サイレンの音が
聞こえてきた

手術

（花鳥風月はあぶない
ことばに浸食してきたら
注意深く手当てをする）
かかりつけの医者は
声を潜ませてそういい
手術台にのせて
切開手術をはじめた
切り口からもうもうと
情緒があふれ出す
あぶないけど

魅了される匂いだ
菌類まで届けば抒情病はなおる
医者はそういって
ことばにそれをふりかける

声

シと
クルミのからを脱ぐように心を脱ぎ
長い髪が漂う空に
息を潜めている抒情!
巨大なそれを袋詰めにして
つぎつぎにパンパンと割っていく
おおそれならわかる
それならわかると
遠いところから帰ってきた
メジロやツグミの声が

森に響きわたる

猫とば

その朝
陽だまりを見ると
驚いたことに
ことばが
ほっこり猫のかたちになって
吹きこぼれている
その橋は危《あや》うい
ことばでつくられているから

こと橋

疑うと崩れおちる
おたがいを
つなぎあわせている
ことばし
ことば士
という仕事をしている三大さんは
毎日ことば練機で
ことばをねっている
それをポケットに入れて
明け方の路地に
放り投げている

ことば溜まり

議会議事堂の地下には
深く大きな水溜りがあると
議員たちは
明け方の夢の中で知る
（飛び込むと深く深く
果てもない
二千メートルのことばの溜まり）
男はときどきその深淵浴に出かけ
びっしょりと濡れたまま
朝帰りする

ばさり

シャツを脱ぎながら
皮膚も脱いでしまった男は
その下に心があると信じていた
だれもがいわなかったことばを
つぶやきながら
そうだとしたらなぜあのとき
とめなかったんだろう?
その先にも後悔したことばの束が
ばさりばさりと転がっていて
不意に涙があふれたりしたはずなのに

山頂

それでも
空き地までは行かなければならない
そこに行けば大きな疑惑や妄想は
はぎ取れる
巨大なショベルカーで
暗闇をいくつも通り抜けて
明るい映画のワンシーンにたどりつく
空き地の中心には
すでに巨大な穴があり
のぞくと透明な水溜りの奥に
山頂が見える

ことば弾

その人は目隠しされて
そこに立っていた
（人を感動させなさい
涙腺を崩壊させなさい
猫でも人でも植物でも使って
ものがたりをつくりなさい
泣かせて、腑抜けにさせなさい）
そのひとはいやいやと首をふった
（シンプルなわかりやすいことばで
話しなさい、書きなさい

大きな文字で
くりかえしくりかえし
なんどでも
同じことを
いいなさい）
そのひとはいやいやと首をふった
そのひとはことば弾で銃殺された

最近

紫陽花が咲いている
窓越しに見える
風に揺れている
色彩のない
ことばかたまり
揺れている
遠くのビルの屋上から
吹き出している
ことば煙りが
巷のほうにゆっくりと
流され溶け込んでいった

キズミ

その植物にふれた
大きなナニカが
挨拶をしてこんにちわ
といった
水をすくった
手のひらの中では
たくさんのことばが
ピチピチ跳ねている
宇宙はモノにあふれていて
そこからモノじゃない

いのちが生まれた
思えば不思議なことだ
（いのちはことばとともにあった）
そうだ確かに遠いむかし
分解掃除をしながら
父ははっきりと
そんなふうなことをいった
目にキズミと呼ばれた
小さいルーペをはさんで
なにかをのぞきこみながら

秒速六百キロで疾走する銀河系

銀河を旅する太陽を
取り巻く惑星たちの動きは
まさしく『螺旋《らせん》』そのもの
それはＤＮＡの形状などにみえる
まさしく生命の原点ともいえるかたち
そんな見方で『螺旋』を描きながら
宇宙の中を移動している太陽系を
思い描くと、それ自体が巨大な
ひとつの生命体のように思える
私たちの銀河系は

秒速約六百キロの速度で
宇宙空間の中を移動している
地球が太陽の周りを回っていることは
誰もが知っているけれど
太陽が太陽系の惑星や衛星などを引き連れて
銀河系の中を移動していることや
私たちの天の川銀河自体も
さらには他の多くの銀河も
それぞれ高速で移動をつづけているのを
案外しらない

プラネタリウムでは
このアクティブな速度が学習できない

致命的ではないか

（注／ウィキペディアの記事を活用しました。）

干し場

オオ！　サンショウウオ
ことばの体力が
落ちている
謎解き探偵は
明け方の光を浴びながら
注意深く表皮に
巣食っているそれを
ピンセットで
つまみだす
（よくここまで成長したね

（たいしたもんだ
潮風をうけながら
静かに乾燥していく
ことばの
干し場

孤独をたぎらせて

南アルプス子どもの村小中学校に贈る

そこには先生ということばはなくて
チズちゃん、とかカトちゃん
とか呼ぶ
子どもたちは
自分で好きなジャンルを選び
自分でやるべきことを決め
自分でそれを実行する
チズちゃんやカトちゃんは
教えない、教えないことの

力をたぎらせる
やがて
子どもたちはひとり
ひとりたちあがる
世界の秘密を
知ってしまった目に光をためて
世界は孤独で
だれもたすけてはくれない
星に残された
宇宙飛行士のように
子どもたちはたちあがる

夏の暗号

ことばの波打ち際に
うちあがったことば
明け方ひろいあつめている
そのひとの長い記憶が
歩幅のまちでよみがえる
（ときがきたときがたき
星々も長い回転を終えて
もどってきた
それぞれの野草の葉裏に
印をつけて

その記号を読み解くひとが
いま静かに席を立った
夏のまっすぐな
積乱雲の風に乗って
飛び立つ
あちこちから
飛び立つ

蟬しぐれ

天から降ってくる
雨粒ことば
顔に受けながら笑いあった
プールの向こうには
破砕したことばダム
ものすごい勢いで
こちらに向かってきている
その上に
ちいさな積乱雲
遠いむかし

食べてたな
泣きながらその雲を

二郎さんの太い手が
肩にかかると雨が上がり
蟬しぐれが降ってきた

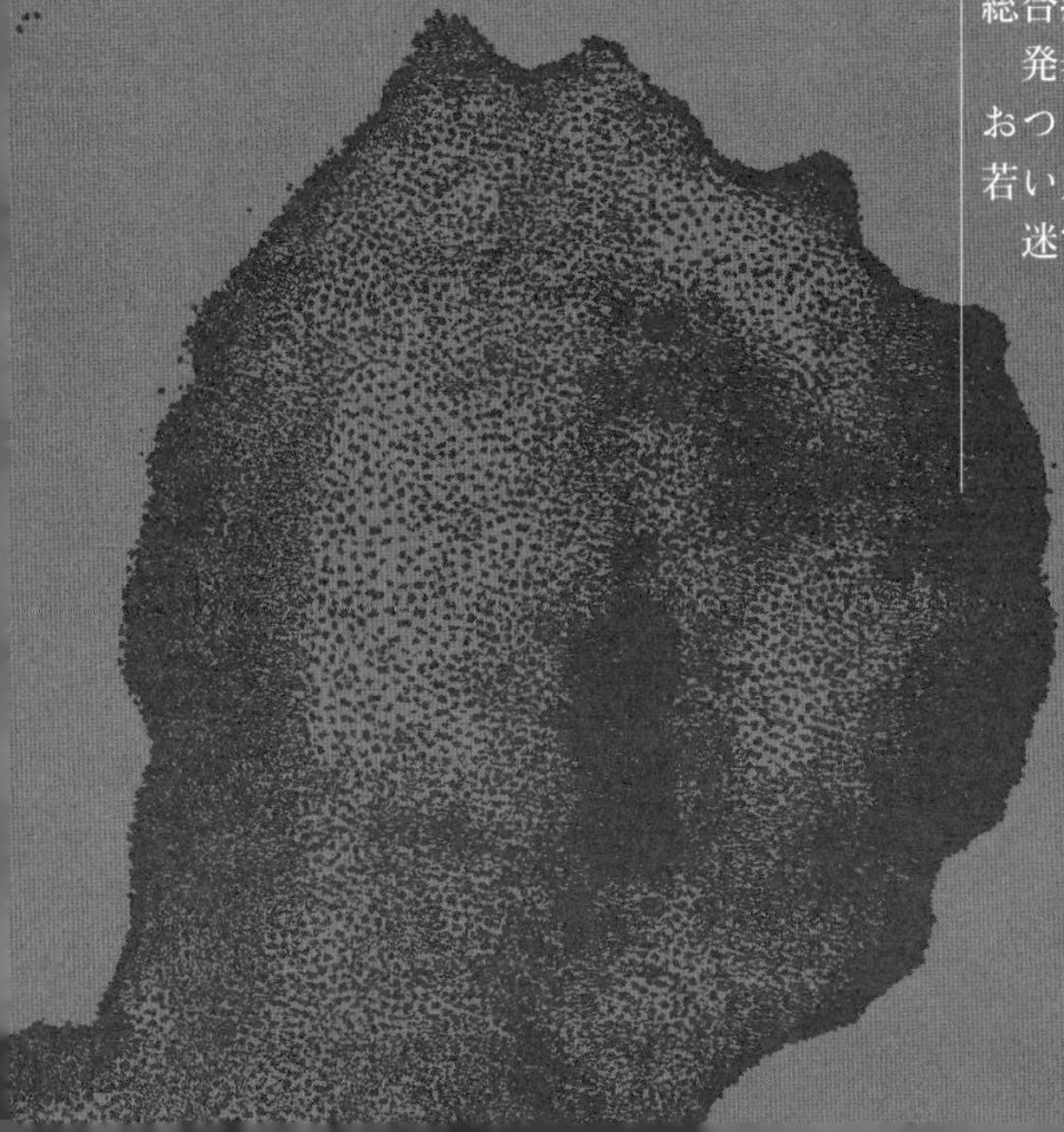

まみれず

川から上がった犬のように
渾身の力で身震いする
全身からザーッと
ことばがふるい落ちる
それらが浮かびあがり
意味のかたちに結ばれていく
それを次々に破砕する
微塵にミジンコに未踏に
新しい意味に出会うために

さわる

さわると、指はわかる
さわったものがなにかを
指はことばにさわれるのか
ことばは指にさわれるのか
それが公園での
宿題だった
高い樹木に囲まれた
手をさしのべ
さわる
背後に隠された

悪のような意識に
終日

ブレードランナー

ことばは
たくみに組みなおされ
編集されてはさみこまれる
日常のなかに
「てにをは」から
読み解きなおす校閲者は
微細な疑念も
見逃さず
ことばを追いつめる
ことばのむこうにある

ものの手ざわりを
たしかめ
引きずり出す
行間からものが
ぞろりとあらわれる

前史

一九七〇年代ことばをあやつりすぎた詩人たちは詩を死まで
詩の死まで突きすすんだそしてとうとう詩人の死に至ること
になる困ったひとたちはひそかにレプリカントとして詩人を
生産しはじめたやがておびただしい数のレプリカントは詩
「人」になりたくて詩人を装いいきをひそませて詩誌などにま
ぎれこんだ
そして
レプリカント探しが始まった
とか

しの居場所

しがありそうなところにはしはない
みんながしだとおもっているところにはしはいない
しじんがしだとおもっているところにはしはいない
しは薄い薄い皮膜のようなところにひっそりと生息している
しはかぎりなくふつうのことばのふりをしている

それから

記号がことばに変わるときはいつか
どのようにして
それはいつも謎だった
ことばが記号と化すのはいつか
どのようにして
ことばが限りなく記号に近づくのは
ことばの遠近法を廃したからだ
おそらく
ことばは奥行きをなくし
ペラペラになり

限りなく記号に近づいてもなお
ことばでありつづけたいと考えた
それから

タイプライターのカタカタ

深夜カタカタとタイプライターが
音を立てて打ち込んでいた
だれがそれをしていたのか
だれも知らないまま朝が訪れた
長くつづくロール紙にはなにかが印字されていたが
それを読み解くことができる人はいなかった
それは詩のようでもあり
そうではないなにかだった
読むことはできても
意味は降りてこなかった
カタカタ

ことばの羽音

その双子の姉妹はこちらを見て笑っている
「ふたごのしまい」ということばが
その姿から少し離れたところに
ひっそりとゆれながら浮かんでいる

そう思ってみると
歳月は川のように流れ
あらゆるものたちの右肩に
ふるえることばが

よりそっていることがわかる
気になるといえばなるがそれらはあくまでも
仮のものでパタパタと羽音を立てて
変わっていく
その音が世界中から立ち上り
おごそかなシンフォニーのように響き渡る

災厄な日

男の口元からひとつながりのことばがずるずると吐き出されてひものようにこちらに伸びてくるその先が女の耳の穴からするすると入り込んでいくそうして午後の長くなった日差しの角度に合わせるように整えられてこんな災厄な日を閉じようとしている

五月蠅い

なんのために詩を書くのか
その疑念がいつも耳元でブンブンとささやく
うるさいうるさいうるさいうるさいうるさい
五月蠅い
ことばがおしだされてくるから
うけとるしかないのだ
なんのためでもない
湧水、
のように

ビジネスホテルに残された紙片

二階建てのそのビジネスホテルは戦後まもなく建てられたものだが固定客がいるらしくいまもそのままの姿で営業をつづけていたそのホテルの三階の一室で自死した男がいてたぶん太い鉛筆で書きこまれたであろうと思われる一枚の紙片が残されていたそれは鏡のような光沢をもち金属の気配を放っていた若い検死官はその表面が無数のことばの重なりによってできていることを静かに指摘したふちの部分に文字のような痕跡がかすかにずれて見えていたからであるその黒光りした紙片には書かれたことばたちがその暗黒から一文字も逃れ出ることができなかった証のようにそこに引きとめられていた

割烹恩の時の憂鬱

男はいつもカウンター席の一番左端に座ったそのカウンターの角のところにはめられた板の「奥」にことばが刻まれていたそのことばが読み取れず目をこすり見なおしてみたがその刻まれたことばの意味は降りてこなかった不思議なことがあるものだと男はランチを食べながらもそのことばが気になった読めなければそのことばは刻まれたモノの気配だけでそこにあることになるのだなあそのことは男を少し憂鬱にした憂鬱ということばを思い浮かべてしまったためにさらに少し憂鬱になったそこで男はその思い浮かべた憂鬱をユーウツとカタカナに置き換えてみた少しだけ気持ちが軽くなった気がし

たがしかしそれでもまだたりないきもちがのこっていた男は
ゆびでそれをほりだして手のひらにのせた血にまみれたそれ
を

焼き鳥屋丸八のオヤジ

そのオヤジはもう半世紀も前からその店の表に面した焼き場で串にさした鳥肉を焼きつづけていたそのためにオヤジの背中はほぼ直角に曲がったままになってしまったその店で若いころいろいろなことがあったなあと男は思い出したそれにしてもオヤジの背中の曲がり具合が気になったそうそう男より少し上の世代にはそんな風に背中が曲がったままの年寄りがずいぶんいたような気がする最近は見かけることが少なくなったなそれも女性が多かった気がする女性は筋力がないから無理な姿勢をつづけているとそうなりやすいと聞いた覚えがあるその体には痛みがともなうそうで加えて内臓を圧迫する

から胸焼けがおこったりほかにも男のしらぬ名称の病気がおこりがちだとも聞いたオヤジは痛みをこらえながらあの作業を毎日やってきたのだなするともう一つの考えが降りてきたそれは毎日オヤジが焼いてきた串に刺された肉に肉がのりクチバシや足が生まれ羽がはえそろって鳥のかたちになり羽ばたいているイメージだったおびただしい数の鳥たちが焼き場に群がりオヤジの背中をついばんでいるするとオヤジの曲がった背中のコブが裂け中からことばのようなものが顔を出したおお！あのコブは鳥の呪いのことばが固まってはりついている！というような気がしてきたそれをうしろからべりっとはがしてやりたい欲望がわいてきて男は指や腕の筋肉が緊張しはじめるのを感じた

総合病院の無料駐車券発券機のひびき

会計で待たされるのはもう慣れた同世代のたくさんの老人たちが自分の番号が電光掲示板に表示されるのを待っている男は早朝の受付の座席取りにもそのあとの採血や採尿にもさらにそのあとの少し無愛想な主治医の検診にもさらにさらにそのあとの抗がん剤の点滴にもだいぶ慣れてきたなと思った男は会計の時間待ちの間に無料駐車券の発券をしてもらうのが常だった担当の女性が券を渡してくれるときお大事にしてくださいといってくれるのだがそのしてくださいというところの音のしらべがじつにここちいいことに気づいたのはいつだったかその声を聞くだけで男は体の中でもやもやしている

ことばがスッとかき消されるような快感を感じるのだああこの声を聞けただけで救われるたしかに気持ちが楽になるその声を聞きたい何度でも聞きたい自分にいってくれる場合だけではなく他の人にいっている声でもいい聞きたい聞いていたいしかしそれはどうしてなんだろう？　はじめてのように男はそのことに気づいた声のトーンだ少し尻上がり気味にいうオダイジニシテクダサイのしてくださいのトーンが決め手なのだなぜそのトーンが男をなぐさめるのか男はおもいあたりそうなことを記憶のすみからすみまでていねいになめるようにさがしてみたのだけれどこれといって確かなこたえをみつけだすことはできなかったたまあいいかまだ時間はあるのだ男はそうおもいなおした

おつりの渡し方

お金を払うと相手がおつりをわたしてくれるそういうシーンはいろいろある片手を男の手の裏の甲にそっと添えて反対の手で男の手のひらを包むようにおつりを渡すそのときの一瞬の相手の温もりそれを感じることがあるそういう事態が起こることになったのはいつごろからなのか記憶があいまいだがそれはたぶんおもにコンビニでの客への対応マニュアルから始まった気がする戦略的な裏づけがあってのことだろうとわかってはいるが私生活ではもはやそういうシーンにであうことはない男にはとくにあいてが若い女性であったりしたばやいやばいその温もりは直接には手と手がふれあうということ

なのだがそこではことばは無力だことばの出る幕はない人体がもつ温もりなのだその温もりにマニュアルであったとしても男はなにかを感じてしまうこころがないとわかっていても感じてしまう条件反射的なことなのだけれど反射してしまうそのあとにことばが追いかけてくるということはあることばは一瞬の体感を忘れてしまわないように追いかけてくるその感情をフィックスしたいために追いかけてくる忘れてしまわないようにすぐに思い出す契機になるように追いかけてくるそれがことばなのだゆうわくなのだことばは手にさわれるんだろうか？　ことばはさわらなくてもあの温もりをひとに体感させることができるのだろうか？

若い人はことばの迷宮の中で

こんな記事を読んだある朝のことだスマホに流れ着いただれかからの情報だ最近の若い人はことばの意味を理解できないらしいそれが問題になっているのだというそんなことをいえばむかしから若い人はそうだったのだよと男はこころのなかでつぶやくところがスマホ時代ことは相当深刻なことになっているというたとえばじゃあ9時前に打ち合わせするからここに集合というとこの9時前でつまずく9時はわかるけど9時前がわからない9時の前ってどこですか？　とその若い人の頭の中には？？？がたくさん浮かぶのだという部下にそのタスクはけっこう骨が折れるから覚悟しておけよっというと

え？　肉体労働なんですか？　と返されるどうやら骨が折れるを骨折とまちがえたようだ社長にほめられた部下に現状に胡座《あぐら》をかいてると後輩に追い越されるぞ！っと活を入れたらキョトンとされたあぐらをかいて座ることだと思ったみたいだ営業先でお手やわらかにお願いしますよといわれ会社に帰る途中でどうしたら手をやわらかくできるんですか？　と真顔で聞かれたなどなどエピソードはつきない若い人たちは日々多くのことばの迷宮の中でただよっているひとごとではないかもしれないなと男は思った

しはしは

しはしをあわせもって
しとしととふる

かろうじて
帰郷したしは
しのやまをこえ
しをこえ
したにしたに
ともぐりこんでいく

しになりたがっていることばは
清潔な朝食の
木のテーブルに
浮かび上がってくる
てぎわいい
中国人の手で
さばかれて

それをこつこつと
食べる

祈り

読みきれない
噛みきれない
昼食のソテー

はたけのすみきった
恥じらいを
残して
届けられた食卓でまたしても
しはしととしととふる冬なのに秋雨のように

しはしとしととふる
ふゆなのにあきさめのように

カメラマンである娘は
シャッターを切り
ぼくの生活を刻む
生きて
と
無音の口で
伝えてくる

2020.01
しはしは

遅刻

短い呼気
こきくけこ
長い花器
かきくこけ
ことばはどこからもうまれ
文法
にとりこまれる
ことばははるかむかし
ぼくを置き去りにして
わらっていたことがある

窓辺にたたずみ
海風をうけていたことがある
そのことばが
ぼくのからだまで
ようやくのように
とどく

はざまにて

夢はことばなのか
ありありと
生活のなかに
ふみこみ
生きている
めがさめてもなお
ことばとともに
いざなう
どこへいくんですか
どこふぇいくんでぇすぅかぁぁぁ

ゆがみ
夢の目で
見ている
見ないで

井戸

よじのぼっていくと
落ちる
爪を剝ぎながら落ちる
落ちる
ことばが
落ちて落ち着いて
たまる
たまっている
血の層になって
（少し怖いがさわってみる

見上げるとはるかかなたに
丸い空ということばが
浮かんでいる

鈍足

あまりにも意味に
憑かれ過ぎてしまうと
詩は遠のいてしまう
ことばはかろやかに
意味の壁をつきぬける
ことばの速度
について
ペンキのはがれたテーブルで
目玉焼きを食べながら考えた
ことばはいまここにいたかと思うと

次の瞬間
宇宙の果てのそのさきのエッジに
ぶらさがっている
意味なんて
遅い鈍足だ
意味に追いつかれないように
振り切る
それが生きるということだ

いっそのこと

つまり
遠近法も文法も
世界を整えるための
作法だほおっておけば
世界はがんじがらめになる

セザンヌのリンゴが
こぼれ落ちないように
ことばが
こぼれ落ちないような

詩を書くのだ
いや
いっそのこと

浮かぶことば

奥行きの少ないことばの隙間に
なにを詰めたらいいのか
薄い防波堤をやすやすと超えてくる
ことばの波間で

詩は考える

意味にたどり着かないことば
であることに意味があるのか
意味を脱ぎ捨てることによって
あたらしい意味を
伝えようとすることに

ひとびとが気づく
朝があるのか
暗い水面に浮かぶことばの乱反射に
世界を覆《くつが》えす
希望はあるのか

ことばはことばにたずねる

ことばは世界のありとあらゆるものたちに
はりついてものの反乱や氾濫を押さえ込んできた
そうして制圧した世界をうつくしい！
と抒情してうたいあげてきた
しかし
ことばを裏切るのもまたことばであると
その来歴が示していることも
ことばは知っている
ことばはまちの忘れられたカフェで
眈々《たんたん》としてその内部の謀反《むほん》が

ふくらんでくるのを感じている
いくたびもおとずれることばスコール！　に
水都と化したまちを
太ももにからみつくことばを
書き分けながら進む
ことばがことばの内側から
ことばの皮膜を破る

あげた

ペデストリアンデッキを歩いていると
向こうに見える藤村記念館の
欄干にだらりと
ことばがたれているのが見える
見上げると城跡の上を
ひらひらと流れていることばも
見える見える見える見えることばが見える

ピックアップして
そのかたまりを

手提げの中に放り込む
のぞき込んだ女子高生が
（このことばをもらえる？
というから
いいよととりだしてあげた

欲を書く

いけそうなので
いけるところまでいってみますか
ことばのカミサマ
意味にまで届かないことばに伴走しながら
次々に意味に落ちることばを
ふり捨て
フリして
なんかその先に思いもがけない
新しい感性なんかが不意に
現れたりしないかと

欲を書く

締めは静かに

それでいいのだよ
山本くん
おしっこをはじいて
ズボンを濡らさないように
水道で手を洗いなさい
ことばの道は遠いので
あせることはない
口に含んで
ふっと吹き出すぶどうのタネの
その放物線のように

詩を書く

2019.09　ごはん

2019.10　抒情病

2019.12　ことばの薄日

2020.01　しはしは

2020.02　全身詩人

全身詩人

という妄想の藪《やぶ》の中から
大きな黒いものが
ムクリと
もたげる
それを

行く先は
知らないけど

なまぬるいことばを

はぎとり
こそぎ落とし
たったかたったかたったか
いったか
渦中を勝ったか
音立てて
ことば列車が
走り抜ける

遠いあそこまでたどり着けるか一月の
ことばあらしよことばあらしよ

ざわめきの雨の日

書法

申し忘れたが
すでにその書法は書き崩れた
ばうばうと風の果て
深い地面にはけと竹べらで
発掘したことば化石
千年前の地層から匂い立つ
かそけきさしすせ
そたちぬるを
ことばの

予兆

不思議なことがあるものだ
ぼくのとなりに
ぼくがいる

となりのぼくは

そういうと立ち上がり
ぼくのとなりを
どんどんのぼっていった

浮かんでいる

不穏な詩を書きたいんだ
と風間はいった
フオン？
とぼくは漢字を探して三秒の旅に出る
そんなことをいえば
フオンを抱えた人々が
世界中に拡散してくる
その不穏、に
匹敵する詩を
書けるかね

風間くん
こころのなかで思ったぼくの右肩上あたりに
例によってぼくのこころがことばになってうかんでいる

座りたい

中国人の李さんのふつうの生活ぶりが記録された
ユーチューブ動画を
きょうも見ている飽きない
李さんはおばあさんのために
毎日食事をつくる
ただそれだけの日常が
こんなに深くぼくの心の中に
住んでしまうとは思わなかった
おそらく
おばあさんが送ってきた生活を

孫が忠実に受け取っているんだな
と思わせる
演技ではなく足腰がしっかりと生活のからだだ
李さんのようにしっかりとした詩を書けないぼくは
李さんの生活の中に逃げ込みたい
李さんの手料理を
食したい
隣に座りたい
あのテーブルの上に紙を置いて
直筆で詩を書きたい

ささくれ

気が立っていて
ことばがささくれているから
からだもささくれている
うけた男の料理も

盆地の底のぬかるみに
かろうじて杭を打って建てたことばが
さらされてささくれて
音信のないまま放置されている
ことばも

泥水にうかんでいる
さかさまに
膨張している
傷口から
腐敗がはじまっている

自詩

下りの電車甲斐路がするするとことばホームにすべりこんで
きてこちらを見ている見上げると視線が重なり車内は破裂し
そうなマスクが充満しているのがわかるだれかが開かない窓
を開けて見えないことばで叫んでいる都市封鎖！　パタパタ
と人が倒れていく尋常じゃないですよ、酒折さんと犬くさい
声の男が眼前に現れる風聞によると戦争兵器ワクチンが流出
したらしい反戦詩だと思っていたら戦争翼賛詩の役悪を演じ
てしまった女性詩人はそんなはずじゃなかったのにと自詩を
悔いる悔いてももう遅い翼賛がはじまっている

加減

ホルマリン漬けのことばは青白く筒状のビンの中でたゆたっている
その研究者がこのことばは危険だ隔離して保存せよと命じたらしい
ビンはおびただしい数たなに並びひんやりとした空気を吐き出している
男の目からことばが噴き出している口から視線が放射される
ホルマリン漬けの「世界」小さなビンに収まっているのが不思議だが
そのビンに薄いひび割れが見える光の加減でシンと

2020.02
全身詩人

天気予報

そこだよ、その黒っぽいあたり
夕闇を吸い込んで地下の管を通り？　サイフォン効果で
あちら側に吐き出されそれは地層へと変換している
その黒い地層から闇という闇が身支度をして立ち上がり
世間に闇を
配達する
新聞少年のフリをして
この冬は少しおかしい
といま天気予報士が
つぶやいた

向こう側で

吐き出す

咳《せき》がやまない男
咳き込む咳き込む
のどのあたりにひっかかっていることばを
吐き出したいが出ない吐き出したいが出ない
そいつを
吐き出したい
咳き込むと胸の奥が痛む
かまわず
男は咳き込む
ゴホンゴホンゴホンゴホン孤独

だが
だが
咳き込む咳き込んで吐き出したことばで
詩を書かなければならない
明け方までに
あちこちの筋肉が痛くなるほど
全身
を使って
咳き込む
書き込む

ゆっくりと開いてみたまえ

大量の支援観念を積んだ船舶が航行する
戦争の火種をまき散らしながら
ぼくたちの冒険がウイルスを胸底深く潜伏させたまま
始まってしまったことをのちのち悔いることになる
どんな踏み出しも初手がミスっていれば
後手後手に暮れていく
土盛りが見える限りずっと一面に並ぶ光景の前でボーゼン
とぼくは気づいたのだこの土饅頭の中に葬《ほうむ》られた
無数のことばたちの集積それを掘り起こして食べている日常が
すでに圧倒的に死体なのだということを

ずらしながら発見を！　ずらしながら発見を！
黒い後ろ姿のシルエットがまかり通るストリート
口裂けジョーカーの笑いがこだまする日常が
腐り果てている日常が空虚に満たされたからこそ
ぼくらの冒険は始まったのだ
いま満ち足りている人はいくつもの裏切りと殺人を
一つや二つポケットにしまいこんで隠している
その握られたこぶしを出して
ゆっくりとひらいてみたまえゆっくりと！

いっそのこと壊してくれないか
自分じゃできないので自然の摂理よ

出汁《だし》茶漬けに熱いことばを注いでことば茶漬けを書き込む
夕べポストに置かれていた暗い手紙の封を切る
黒いことばが
ぽとぽと
落ちた
床に
さて
解読の朝焼けはこころにしみたことでしょう
世界が暗号にみちあふれ

双子の姉妹がなんども振り返る
細い通路の先で震えている予感
おお！　それこそが
ひとびとの期待だ
（くされ
（壊れろ
（つなみつなめろ
（ころせ
（ぶち切れ
ひとびとがつくったシステムは退廃している
利権の汚辱《おじょく》にまみれている
いま目の前に現存しているこれを

こわしてくれないか
希望する
自然の摂理よ
いっそのこと

ダ行の希望

ものがたりは壊されなければならない
かたりはじめれば進行する
しかしものがたりのなかに潜んでしまえば
残念ながら終焉は見られないのだ
目をかっきりと見開いて
目の果てまで
見切る
そのためには夢の処方は
破棄されなければならない
唾棄

唾棄
こそが
ダ行の希望だ
ぼくがぼくをしんじないでだれがぼくをしんじてくれるんだ
ろう？

ことばの遠泳

感染！
ということばが速度を持って襲ってくる
世界中が震撼している
生き物から発生したそれが生き物を襲う
生き物は滅びたがっているのだろう
こんなに
切実に
死を望んでいる若い人々の心に巣食う
それは救いなのだたぶん
ぼくらは肉体を　にして

ついでにことばを　にして
さらけ出す
そうなって初めて生きることのよろこびが
流れる川筋に沿って泳ぎ出せる
汚染された海へ！　遠泳の旅に！

パタパタ

「結局のところ、私たちは事実に対して正確にいたいわけでは
なく、私たちは楽になりたい、安心したいのだ」
誘惑の引用だ
正確、なんて誰も保証してくれない
ぼくたちが住む世界は情報にめったうちされ
のめされて
平らになっている
この平面に
どういう姿勢で立てばいいのか
謎をほじくり出し

陰翳《いんえい》を
礼賛し
どの角度で演じればいいのか

シューっと
ミステリートレインが
すべりこんできて
ぞろぞろと白いものが降りてくる降りてくる
そしていつかのように
パタパタと
倒れはじめる

縁側

終焉の光景を見ている
裸のあの双子の姉妹が
後ろ前に並び
乳房とお尻が交互に
笑っている
川沿いの小道を
おびただしい数が下っていく
節分だというのに
なにも分節できぬまま
とうとう

感染死亡者は三百を超えた
世界は収縮して
縁側に干されている

あとがき

しばらく、ことばのぬけがらについて考えています。セミのぬけがら、みたいな感じ。ことばのぬけがら。

ご存知のようにセミは相手を見つけると接合して樹木に卵を産み落としますね、その卵から出てきた幼虫は、樹木の根のほうに降りていって土の中に潜り込み樹液を吸ってさらに大きくなっていきます。七年とか八年とか地中で成長し、例のセミのぬけがらのような形の成虫になる。今度は地中から這い出してきて樹木の上の方に登って行ってそこで脱皮する。セミになるわけですが、ここで羽を持った全くスタイルの違う存在となって空へ飛び出して七日間、恋人を求めて激しく鳴いて呼び合い、接合して子供を産むと死んでしまう。

セミが書かれるべき詩であるとすると、ぼくは書かれるべき詩に向かおうとすると体がイヤイヤをしてそれを壊してしまう、書かれるべき詩は永遠に書かれないまま宙吊りになってしまうわけです。それで結果的に書いている詩は書かれるべきであった詩のぬけがらの描写ということになってしまう。ぼくの詩が羽を持って恋に向かって空に飛翔することはないのです。

つまり、ぼくの詩は『ボイスの印象』でも『新しい人』でも実は詩の本体は書かれていない。本体のぬけがらの描写、が詩のようなものになっている。

＊

二〇一九年から二〇二二年にかけて、詩誌「博物誌」に月に十八篇の詩を書き下ろす、という企てを始めました。月に十八篇ですから、ほぼ毎日のように詩を書いていた、それを書き下ろし詩集として「博物誌」に掲載していたわけです。抗がん剤治療の副作用とコロナに怯えながら、そのわずかな隙間を縫うようにして詩を書いていたという印象が残っています。これらの詩を時の記録として封印したような詩集は作れないものかと思いました。

そこで二〇一九年九月から二〇二〇年二月までの、「ごはん」「抒情病」「ことばの薄日」「しはしは」「全身詩人」のほとんどを本書『ことばの薄日』に、二〇二〇年四月から二〇二二年一月までの「薬缶」「不穏」「野垂れ梅雨」「こきゅうのように」「たくおん」全篇を『こきゅうのように』に収録し、二冊の詩集として同時に刊行することにしました。リアルタイムで書かれた詩をとくに再編集することもしないそのままの姿で。四年間の「ことばのぬけがら」がタイムカプセルのように収まっている詩集、というわけです。

二〇二三年　五月

山本育夫《やまもと・いくお》

詩人、ＮＰＯ法人つなぐ 理事長

一九四八年二月十一日、山梨市生まれ。

詩集に『驟雨』（紫陽社 栞／岡田隆彦 八〇年代詩叢書）、

『ボイスの印象』（書肆 博物誌 栞／吉本隆明、神山睦美）、

『造本詩集 新しい人』（二孝エディション フランクフルトブックフェア出品）。

『HANAJI 花児1984-2019』（思潮社）。

個人編集詩誌「博物誌」編集長（一～五十一号）。

ことばの薄日

月録詩集

2019.09-2020.02

著者
山本《やまもと》育夫《いくお》

発行者
小田啓之

発行所
株式会社思潮社
〒一六二-〇八四二 東京都新宿区市谷砂土原町三-十五
電話〇三-五八〇五-七五〇一(営業)
〇三-三二六七-八一四一(編集)

印刷・製本
創栄図書印刷株式会社

発行日
二〇二三年八月二十日